Dieses Buch gehört:

Superstarke 5-Minuten-Geschichten

MIX
Papier aus verantwortungsvollen Quellen
FSC® C015559

Wir produzieren nachhaltig
- Klimaneutrales Produkt
- Papiere aus nachhaltigen und kontrollierten Quellen
- Hergestellt in Europa

Grafik und Satz: Smooth Grafik Design, Bonn
Übersetzung: Saskia Schmidt
ISBN 978-3-8451-2139-0
www.carlsen.de/nelson

INHALTSVERZEICHNIS

Die Dinos sind los! 9

Rettung im Weltall 23

Welle des Bösen 37

Der Roboterangriff 51

Rätselhafter Jahrmarkt 63

DIE DINOS SIND LOS!

Heute zieht eine große Parade durch Metropolis. Auf einem Wagen sind auch Dinosaurier-Skelette zu sehen. Diese Dinos waren ganz schön groß – und bestimmt auch gefährlich! Zum Glück gibt es keine Dinos mehr … oder doch? Plötzlich taucht der fiese Lex Luthor an der Parade auf und sprüht das Skelett des Tyrannosaurus Rex mit einem Spezialschaum ein.

„Sagt Hallo zu meinem neuen Freund, der mich unbesiegbar macht!“, ruft er hämisch lachend.

Der Tyrannosaurus Rex erwacht zum Leben! Laut brüllend hüpft er von dem Wagen. Die Menschen aus Metropolis nehmen panisch Reißaus.

Lex Luthor reibt sich die Hände. „Es funktioniert!“

Blitzschnell springt der Bösewicht auf den Rücken des Tyrannosaurus Rex und sprüht von dort aus auch die anderen Dino-Skelette ein. Sie fangen langsam an, sich zu bewegen. Das Pteranodon hebt mit einem lauten Kreischen in den Himmel ab. Der Triceratops stampft über die Straßen von Metropolis. Was für ein Dino-Chaos!

Flash ist in der Nähe und entdeckt die lebendigen Dinosaurier. Sofort ruft er seine Superheldenfreunde an. „Ihr werdet nicht glauben, was gerade bei der Parade passiert. Kommt her!“ Plötzlich taucht von oben das Pteranodon auf, greift sich Flash und hebt ab. Jetzt berühren seine superschnellen Füße den Boden nicht mehr. Flash kann nicht entkommen!

Lex Luthor reitet währenddessen auf dem Tyrannosaurus Rex durch die Stadt und verbreitet Angst und Schrecken.
Der riesige Dino brüllt so Furcht einflößend, dass die Menschen freiwillig ihr Geld und alle ihre Wertsachen an die böse Bande abgeben. Doch Hilfe naht schon ...

Endlich sind die Superhelden da!
„Lex, bleib sofort stehen, und beende dieses Chaos!“, ruft Batman. Gemeinsam mit Superman und Green Lantern stürmt er auf die Dinos zu.
„Angriff!“, befiehlt Lex Luthor seinen riesigen Freunden. Die Dinos traben sofort los.

Batman lässt sich nicht abschrecken. Er schwingt sein Seil und schlingt es gekonnt um den Triceratops. Dann zieht er sich daran hoch. Batman landet sicher auf dem Rücken des Dinos. Der Triceratops reißt den Kopf herum und schüttelt sich, aber Batman hat ihn fest im Griff.

Green Lantern erschafft mit den Kräften aus seinem Ring einen wirbelnden, grünen Tornado. Damit lenkt er das Pteranodon ab. Dann befreit er Flash aus den Klauen des Dinos und setzt ihn sicher wieder auf dem Boden ab.

„Danke, Kumpel“, sagt Flash erleichtert. „Ich dachte schon, ich wäre Dino-Fast-Food.“

Superman hält mit seinen superstarken Kräften das Maul des Tyrannosaurus Rex offen, damit er nicht mehr zuschnappen und weiteres Chaos anrichten kann.

Als Batman auf dem Triceratops an einem Lkw voller Lebensmittel vorbeireitet, hat er plötzlich eine Idee. Er lenkt den Triceratops direkt auf den Lkw zu, sodass der Wagen umfällt. Die Ladeklappe öffnet sich. Saftiges Fleisch und frischer Fisch purzeln auf die Straße.

Die urzeitlichen Fleischfresser nehmen den Duft von leckerem Essen sofort wahr und rasen zu dem umgestürzten Lkw.

Gierig machen das Pteranodon und der Tyrannosaurus Rex sich über das gefundene Fressen her. Flash nutzt die Ablenkung, um blitzschnell loszurasen und Lex Luthor vom Rücken des Tyrannosaurus Rex zu reißen. Der Bösewicht wurde gefasst!

Lex Luthors Plan ist nicht aufgegangen.
Er hat nicht damit gerechnet, dass die Superhelden sich mit den Dinos anfreunden, statt sie zu bekämpfen. Batman hat sogar noch leckeres Grünzeug für den pflanzenfressenden Triceratops besorgt.

Zum Glück haben die Superhelden auch schon eine Idee, was sie mit den lebendigen Dinosauriern machen: Sie bauen ihnen einen großen, grünen Park! Die Menschen aus Metropolis jubeln. Die Superhelden haben die Stadt gerettet!

RETTUNG IM WELTALL

Superman, Batman, Wonder Woman und Green Lantern haben einen Notruf aus dem Weltall erhalten und sich sofort in Batmans Raumschiff auf den Weg gemacht. Als sie an dem weit entfernten Ort ankommen, von dem die Nachricht gesendet wurde, streiken ihre Funkgeräte.
„Ihr seid in meine Falle getappt!“, sagt eine mechanische Stimme und lacht hämisch.

Plötzlich taucht ein Raumschiff auf. Ein mechanischer Arm schnappt Superman und versucht, ihn an Bord zu ziehen. „Jetzt gehört Superman mir!", brüllt die Stimme. „Nicht mal eine Armee an Superhelden kann mich, den großartigen Brainiac, aufhalten. Superman wird ein ganz besonderer Teil meiner Ausstellung einzigartiger Wesen." Batman schießt auf das Raumschiff zu. „Du wirst Superman wieder freilassen!"

„Niemals! Mein Kryptonit macht ihn so schwach wie ein Kätzchen", antwortet Brainiac und schlägt auf einen großen, roten Knopf in seinem Raumschiff. „Und um euch kümmern sich meine Roboter."

Das Raumschiff öffnet sich, und eine dunkle Wolke aus Kampfrobotern fliegt auf die Superhelden zu.

Mit ihren unzerstörbaren Armschienen schießt Wonder Woman die Laserstrahlen der Roboter zu ihnen zurück. Green Lantern erzeugt mit seinem Ring ein riesiges Schwert, mit dem er die Roboter abwehrt.

Währenddessen fliegt Batman unentdeckt mit seinem Raketenrucksack zu Brainiacs Raumschiff. Er würde seinen Freund Superman niemals zurücklassen! Kurz bevor das Raumschiff mit Lichtgeschwindigkeit losfliegt, kann Batman sich an Bord schleichen.

„Brainiac entkommt!“, ruft Wonder Woman.
„Das lassen wir nicht zu“, antwortet Green Lantern.
Batmans Raumschiff treibt noch neben ihnen im All.
Mit einem Energiestrahl aus seinem Ring holt
Green Lantern das Raumschiff heran.
Die beiden steigen ein und düsen los.

Um noch schneller zu sein, umschließt Green Lantern das Raumschiff mit einem Energiemantel aus seinem Ring. „Auf geht's!", ruft Wonder Woman – jetzt schießt Batmans Raumschiff mit Lichtgeschwindigkeit hinter Brainiacs Raumschiff her.

In seinem Raumschiff betrachtet Brainiac zufrieden den eingesperrten Superman. „Ich bekomme immer, was ich will. Und jetzt habe ich DICH!“
„Warte nur ab, meine Freunde werden mich befreien“, erwidert Superman.

„Die haben wir abgehängt", meint Brainiac schmunzelnd.
Aber der Bösewicht hat nicht mit Batman gerechnet.
Der Superheld beobachtet alles aus seinem sicheren Versteck.
Dann sieht er sich um und entdeckt all die heldenhaften Aliens,
die Brainiac schon gefangen hat. Plötzlich hat er eine Idee …

Inzwischen sind Wonder Woman und Green Lantern auch an Brainiacs Raumschiff angekommen. Sie versuchen, durch den Luftschacht ins Innere zu gelangen, aber lösen damit einen Alarm aus. „Noch mehr Superhelden?“, fragt Brainiac erstaunt und befiehlt seinen Robotern, Wonder Woman und Green Lantern einzufangen. Die Superhelden bekämpfen einen Roboter nach dem anderen, aber es sind zu viele!

„Ihr zwei könnt mich nicht besiegen!“, brüllt Brainiac fies lachend. Plötzlich tönt Batmans Stimme aus dem Hintergrund. „Zu zweit nicht, aber wir alle zusammen schon!“
Er hat alle Aliens befreit, die Brainiac im ganzen Universum eingefangen hat.

Natürlich helfen die heldenhaften Kreaturen jetzt gern dabei, Brainiac einzusperren. Gemeinsam bekämpfen die Superhelden und die Aliens all die Roboter. Dann scheuchen sie Brainiac zu Wonder Woman, die den Bösewicht gekonnt mit ihrem goldenen Lasso einfängt.

Green Lantern zerschmettert mit einer riesigen Energiefaust den Kryptonit-Käfig, in dem Superman gefangen gehalten wurde. „Danke, Kumpel“, ruft Superman erleichtert. Zum Glück ist er sehr schnell wieder so stark wie vorher.
Green Lantern nickt Superman zufrieden zu. „Kümmern wir uns darum, wie wir alle nach Hause kommen.“

Gemeinsam programmieren sie das Raumschiff so, dass es alle wieder in ihre Galaxien fliegt. Brainiac ist nun sicher in einem seiner eigenen Käfige eingesperrt.
„Die intergalaktischen Behörden werden wissen, was mit dir zu tun ist“, sagt Wonder Woman zu ihm.
Batman lacht zufrieden. „Wenn man einen Superhelden fangen will, …“
„… legt man sich mit allen Superhelden an“, beendet Superman grinsend den Satz.

WELLE DES BÖSEN

Vor dem Aquarium hat sich eine lange Schlange gebildet. Heute ist ein großer Tag: Die Ausstellung mit der weltgrößten Perle wird eröffnet. Aquaman hat die große Ehre, das Band zur Eröffnung durchzuschneiden. Superman und Batman sind auch da und jubeln mit den Zuschauern.

Plötzlich wird der Boden des Aquariums mit Wasser geflutet.
„Was ist hier los?“, ruft Batman und schaut sich besorgt um.
Die Superhelden reagieren schnell. Sie schicken alle Besucher aus dem Aquarium.
„Hier geht's lang“, sagt Aquaman ruhig. Superman fliegt zum Notausgang, um die Tür zu öffnen.
Nachdem alle Besucher in Sicherheit sind, erhebt sich plötzlich ein riesiger Oktopus aus den Wassermassen – und er sieht nicht sehr freundlich aus! Mit seinen acht Armen stürzt er sich auf die Superhelden.

Immer mehr Wasser strömt in den Raum. Schließlich taucht ein Bösewicht aus den Fluten auf, den die Superhelden nur allzu gut kennen.
„Black Manta!“, ruft Aquaman wütend und beobachtet den Schurken, der von einem Hai und zwei Zitteraalen begleitet wird.

Während die Superhelden noch mit dem Oktopus kämpfen, treibt Black Manta auf die Perle zu und schnappt sie sich. Er will sie stehlen!

„Jetzt gehört dieser Unterwasserschatz ganz allein mir!“, brüllt der Bösewicht bedrohlich lachend.

Die Superhelden drehen sich um und sehen die Perle in Black Mantas Händen.
Mit allen Kräften befreien sie sich aus den Fängen des Oktopus.
„Wir müssen Black Manta aufhalten!“, ruft Aquaman.
„Dafür ist es jetzt zu spät“, antwortet der Bösewicht und versammelt seine Unterwasserfreunde um sich. „Angriff!“

Die beiden Zitteraale stürzen auf Batman zu und jagen ihn in das eiskalte Pinguinbecken. Der Superheld wird von den fiesen Fischen nicht nur umzingelt, sondern kann sich in dem frostigen Wasser auch kaum bewegen.

Der Hai verfolgt Aquaman durch die Fluten. Immer wieder kann der Unterwasser-Superheld den scharfen Zähnen des Hais in letzter Sekunde ausweichen.

Währenddessen bekämpft Superman mit seiner Superstärke und Geschwindigkeit den Oktopus. Er hat es gar nicht so leicht, sich gegen acht wirbelnde Tentakel auf einmal zu wehren! Black Manta nutzt den Moment und schleicht sich von hinten an Superman heran. Mit seinem Laserstrahl wirbelt er einen Tentakel des Oktopus um Superman.

„Ich habe gewonnen! Die Perle gehört mir!“, verkündet Black Manta und betrachtet hämisch lachend die kämpfenden Superhelden. Triumphierend hält er seine Beute in die Luft. Leider hat Black Manta vergessen, dass Aquaman die Fähigkeit hat, mit Tieren zu sprechen.

„Es ist nicht richtig, die Perle zu stehlen", sagt Aquaman dem Oktopus. „Dieser Schatz des Meeres sollte für alle da sein. Die Menschen kommen extra, um diese natürliche Schönheit zu bewundern. Black Manta hat kein Recht auf die Perle!"
Der Oktopus schaut Aquaman an. Er versteht, was der Unterwasser-Superheld meint.

Der Oktopus nimmt sich ein Herz und wechselt die Seiten! Mit aller Kraft hilft er den Superhelden dabei, sich zu befreien.
Die anderen Meerestiere schließen sich dem Oktopus an.

Ohne ihre Hilfe taumelt Black Manta ziellos durch die Fluten.
Plötzlich schnappt eine riesige Muschel nach seinem Fuß.
Sie hält den Bösewicht gefangen.
Batman nutzt die Gelegenheit, schwingt zu Black Manta und reißt die Perle an sich!

Nachdem die Wassermassen aus dem Aquarium entfernt werden konnten, kommt die Polizei vorbei und nimmt Black Manta fest. Batman und Aquaman stellen die wunderschöne Perle wieder an ihren Platz in der Ausstellung. Zum Glück konnten sie den wertvollen Schatz retten, sodass ihn nun alle Menschen bewundern können.

„Vielen Dank für deine Hilfe“, sagt Aquaman zu seinem neuen Freund, dem Oktopus. „Ich bin froh, dass du auf unserer Seite bist. Außerdem hätten wir auch gar nicht genügend Handschellen, um dich festzunehmen!“

DER ROBOTERANGRIFF

Batman ist gerade auf seinem Motorrad in der Stadt unterwegs, als er ein lautes Krachen hört. Er sieht sich um und entdeckt einen riesigen Roboter, der Superman in seiner mechanischen Kryptonit-Kralle gefangen hält!

Batman weiß nicht, wie der Roboter in die Stadt gekommen ist und was er will, aber dem Superhelden ist sofort klar, dass er seinem Kumpel helfen muss.

„Kryptonit ist das Einzige, womit Superman besiegt werden kann!“, ruft Batman. Er zückt das Funkgerät an seinem Motorrad. „Ich muss sofort die anderen Superhelden zu Hilfe rufen!“

Batmans Notsignal erreicht die Superhelden auf der ganzen Welt: Flash rettet gerade einen Rennfahrer, Aquaman ist auf einem Einsatz im Wasser und Green Lantern wehrt im All einen Meteoritenschauer ab. Nachdem alle in Sicherheit sind, eilen die drei Superhelden ihren Freunden Batman und Superman zu Hilfe.

Die Superhelden kreisen den Roboter ein, um ihren Freund zu befreien. Plötzlich tönt eine Stimme aus dem mechanischen Bösewicht. „Hahahaha! Ich habe endlich eine Maschine erfunden, die Superman besiegen kann!“

„Das ist Lex Luthor, Supermans Erzfeind!“, erkennt Batman sofort.

„Ganz genau, Batman“, antwortet der Schurke. „Und du kannst nichts tun, um mich aufzuhalten!“
Batman macht sich bereit zum Angriff. „Das werden wir sehen!“
So schnell geben die Superhelden nicht auf!

Batman gibt den anderen Superhelden ein Zeichen. Sie wissen alle sofort, was zu tun ist. Dann gibt er Gas auf seinem Motorrad und schleudert mit seinem Batarang eine Kette um die Beine des Roboters. Immer schneller und schneller fährt Batman Kreise um den Roboter, sodass die Kette sich um den Roboter schlingt.

Ein roter Blitz schießt an dem Roboter hoch. Es ist Flash, der im Nullkommanichts alle Schrauben aus der mechanischen Kryptonit-Kralle entfernt, die Superman gefangen hält.
Lex Luthor kann nichts dagegen tun – Flash ist viel zu schnell für ihn!
Superman kann endlich seine Arme wieder bewegen.
„Danke, Kumpel, gleich bin ich wieder frei!"

Mit dem Strahl aus einem Hydranten verursacht Aquaman einen Kurzschluss in dem Roboter, der bedenklich hin und her wackelt. Green Lantern ist sofort zur Stelle und versetzt ihm mit einer riesigen, grünen Hand einen Stoß. Superman kann sich in letzter Sekunde befreien, bevor der Roboter zu Boden kracht. „Das war superstark, danke!“

Green Lantern öffnet den Roboter mit einer riesigen Brechstange. Superman fischt seinen Erzfeind aus dem Metallhaufen.

„Ich hätte dich fast besiegt“, raunt Lex Luthor.

„Aber nur fast. Du hast nicht mit der geballten Superheldenpower gerechnet – gemeinsam sind wir unschlagbar!“, antwortet Superman.

Batman legt dem Bösewicht Handschellen an, bevor die Polizei ihn ins Gefängnis bringt. Superman ist froh, dass sein Team rechtzeitig zur Stelle war. „Auf euch kann ich mich immer verlassen!“

„Dafür sind wir Superhelden doch da“, meint Aquaman. Flash sieht sich um. „Was machen wir jetzt mit dem kaputten Roboter?“

„Ich glaube, ich habe da schon eine Idee …“, sagt Batman.

Er zückt seine Werkzeuge und ruft die anderen Superhelden. „Lasst uns diesen automatisierten Albtraum in eine friedliche Freude verwandeln!“

Gemeinsam bauen sie die Roboterreste auseinander und dann wieder zusammen – zu einem supercoolen Spielplatz. Sofort kommen jubelnde Kinder angelaufen. Die Superhelden haben wieder einmal die Stadt gerettet!

RÄTSELHAFTER JAHRMARKT

Das Batmobil kommt mit quietschenden Reifen zum Stehen.
Die Superhelden haben ein Notsignal erhalten, aber jetzt finden sie nur einen Zettel auf dem Boden.
„Ich bin süß, rot und rund – aber nicht immer gesund.
Was bedeutet das?“, fragt Batman.
„Die kandierten Äpfel auf dem Jahrmarkt“, schlägt Cyborg vor.
Batman nickt. „Der Jahrmarkt hat heute begonnen. Nichts wie los – vielleicht sind die anderen Superhelden auch dort!“

Batman, Robin, Flash und Cyborg kommen am Jahrmarkt an. Es gibt keine Spur von den anderen Superhelden. Alles ist dunkel und still.
„Was ist hier los?“, wundert sich Flash. „Hier ist es doch immer laut, bunt und voller Menschen!“
Batman geht auf den Wahrsager-Automaten zu. „Vielleicht finden wir hier eine Antwort?“
„Ich bin dort, wo alles gleich aussieht, nur andersrum“, sagt eine Stimme.
„Eine Reflexion ...“, murmelt Robin. „Das Spiegelkabinett!“

Vor dem Spiegelkabinett entdecken die Superhelden Green Lantern, Aquaman und Superman – doch irgendwas stimmt nicht. Ihre Freunde stehen da wie Statuen!
„Die drei wurden von meinem superstarken Spiegellicht hypnotisiert. Schaut hinein, und euch passiert das Gleiche – durch die Spiegel ist das Licht überall", ertönt eine Stimme.
„Teilen wir uns auf, um den Bösewicht zu finden!", ruft Batman.
„Aber vergesst nicht …"

„... Schaut niemals in das Licht!“

„Ihr könnt euch meiner Macht nicht entziehen!“, brüllt die Stimme lachend. „Schon bald werdet ihr mir alle dienen! Aquaman, Superman, Green Lantern – fangt sie!“

Wie Marionetten verfolgen die hypnotisierten Superhelden ihre Freunde. Batman entfernt sich von der Gruppe. „Lenkt sie ab! Ich finde den Übeltäter und beende diesen Spuk!“

Der hypnotisierte Aquaman treibt Robin in die Enge und schleudert Metallringe auf ihn. Doch Robin ist zu schnell für Aquaman. Er weicht einem Ring nach dem anderen mit akrobatischen Tricks aus.

„Du musst schon besser zielen, um einen Preis zu gewinnen", meint Robin lachend.

Währenddessen wird Flash von dem hypnotisierten Green Lantern in einem Autoscooter verfolgt. Flash rast über den Jahrmarkt. Green Lantern ist hinter ihm und rammt alles, was ihm in den Weg gerät.

„Es wird Zeit, einen Parkplatz für dich zu finden – am besten mit Parkkralle“, murmelt Flash. „Zum Glück habe ich da schon etwas im Auge …“

Flash düst auf den Stand mit Zuckerwatte zu und dreht im letzten Moment ab. Green Lantern schießt mit voller Wucht in die rosa klebrige Masse, die ihn sofort stoppt.
„Gut eingeparkt“, stellt Flash fest. „Aber nun muss ich weiter. Cyborg braucht meine Hilfe.“

Der hypnotisierte Superman hat sich eine riesige Hantel geschnappt und schlägt damit nach Cyborg, der sich geschickt hin und her windet.

„Er ist immer noch superstark und superschnell!“, ruft Cyborg seinen Freunden zu. „Ich hoffe, Batman kann den Übeltäter bald stoppen – sonst verknote ich mich hier gleich wie eine Brezel!“

„So schnell wie ich ist er trotzdem nicht“, sagt Flash, während er blitzschnell an Superman vorbeischießt und ihm die Hantel aus den Händen reißt. „Robin, du bist dran!“
Aquaman jongliert immer noch mit den Ringen. Doch nun wird er von Robin zu den anderen gelockt.

KRACH! Superman und Aquaman prallen aufeinander und verheddern sich in den Metallringen.
„Das wird die beiden nicht lange aufhalten“, meint Cyborg.
Da taucht Batman wieder auf. „Muss es auch nicht, wenn mein Plan funktioniert. Cyborg, hast du Lust, dort drüben deine Stärke zu testen?“
Cyborg erspäht den Hammer und den Turm daneben. Er weiß sofort, was Batman vorhat. Grinsend hebt er den Hammer.

„Haltet euch die Ohren zu!“, warnt Cyborg seine Freunde. Dann lässt er den Hammer mit voller Wucht auf die Jahrmarktattraktion prallen. RRRRRING! Sofort erklingt ein lautes, schrilles Klingeln – so laut, dass alle Scheiben auf dem Jahrmarkt zerspringen, auch die im Spiegelkabinett. Jetzt hat das Spiegellicht keine Kraft mehr. Superman, Aquaman und Green Lantern sind endlich wieder sie selbst.

„Es ist an der Zeit, das letzte Rätsel zu lösen, oder, Riddler?“, fragt Batman und hebt den Bösewicht aus der Wahrsagerkabine.
Superman grinst den Riddler an. „Ich lasse Schurken gern rein, aber nicht wieder raus – weißt du, was das ist?“
„Das Gefängnis“, murmelt Riddler entmutigt.
„Ganz genau, da bringen wir dich gleich hin“, sagt Superman.
„Nachdem du den Jahrmarkt aufgeräumt hast.“

„Ich bin grün, pink und süß – wer bin ich?", fragt Flash lachend.
„Das ist einfach", meint Batman.
Die Superhelden brechen in schallendes Gelächter aus:
„Green Lantern!"